Samuel Uson-Mazaudier

CHIMÈRES

Poèmes

CLIN D'ŒIL

Mamée/Papé

COQUELICOT

Si la robe vinicole
A ce rouge incendiaire
D'une fleur messicole
Époumonée par les airs

Des stigmates se cachent
Au fond de ces grands disques
Où toutes les attaches
Intiment des risques

Annuelle floraison
Lorsque l'on te coupe
La larme de l'oraison
Doucement y chaloupe

Viennent les vents en poupe
Parmi tes pétales longs
S'atomisent sur ta croupe
Des supplices se défont

Au cas où la nuit le cache
Ce frêle corps sessile
Néanmoins sans attaches
Y reste son pistil

De lointaines idylles
Brisées par la cravache
D'un carmin si viril
Ton visage a les traces

Si l'été te guette
Juste après le printemps
Toi, le roc honnête
Tu assistes les gens

Fleur comme pansement
Hautement fière est ta tête
Malgré que soient pourtant
Tes cicatrices discrètes

Cette ardente beauté
Symbolique d'une noce
Permettra d'espérer
Pareillement que les gosses

D'argile le colosse
Se console de l'ancien
Avec ses coups te rosse
Même s'il se croit câlin

Ce soleil qui t'assèche
En quelques jours seulement
Tu es toujours si fraîche
Au mépris d'un navrant

Vague à l'âme se défend
De n'être de mèche
En voyant à présent
Les gouttes que tu sèches

Ces Klimt ou Courbet
Te représentent en Ève
La tige recourbée
Par les mains qui se lèvent

De sommes et de rêves
Toi, la rouge tu es
De Morphée, une élève
Prête à être acclamée

L'existence t'éprouve
Lors de ses quiproquos
Resplendis et prouve
Que ce n'est que de l'eau

Alors que les sanglots
Se déversent dans les douves
C'est de son château
Que l'on ausculte les louves

Cette ardeur fragile
Est ton paradoxe
Sous le luisant agile
Réside l'équinoxe

Toi, l'Espagne qui boxe
Des gens forts imbéciles
Follement orthodoxes
Pour un poisson d'avril

Si l'orage gronde
Excessivement à tes yeux
Ce vide à la ronde
Ne t'accable aussi peu

En réponse aux fielleux
Leurs maximes moribondes
C'est ici ton neveu
Officiant telle la Fronde

Cet élégant tango
Imite un paso-doble
Il n'y a pas plus haut
Qu'Amapola convole

Si le rouge s'étiole
Disparaît avec l'eau
Une image frivole
Demeure du coquelicot.

L'AMOUR INSOLENT

Le vide n'est pas si fringant
Que l'amour absolu
Que l'amour insolent
Absolvant l'ire émue

Ce foyer inconvenant
Lequel trouble ma vue
S'abstiendra un moment
De s'estimer reclus

En l'abîme fluctuant
Au carcan bien charnu
Où les cultes indigents
S'entêtent à la vertu

Cet hymen épatant
Des opinions l'obstruent
Félicités des mendiants
Émancipent les dus

D'un fracas imposant
En aucun cas fichu
Car vécu, même pressant
La seconde abattue

Par la fougue du sang
Échaudé, saugrenu
De ce mortel vivant
Sans même l'avoir perçu

Que le stupre semant
Dans ma source à nue
L'insouciance sentant
Un orémus sangsue

L'absence d'un antan
Pour cet amour repu
Face au nombre des ans
Ne se calmera plus

Déchirure du temps
Où s'écoule l'outrance
Vivant sans précédent
Boire un peu d'abondance

À la lie du charmant
Soupirant sans issue
En étant bien mordant
Sans ecchymoses, tordu

Me savoir si touchant
Infiniment déçu
De ne revivre, couchant
Un pur amour rompu.

FUREURS D'ÂMES AIMÉES

Décharne l'âme du sévice
Qui innove dans sa douleur
De s'improviser novice
Au détriment des terreurs
Zéphyr dans l'amarre et lisse
Sa providentielle humeur

Écorne l'œil d'une larme
Sans la pleurnicheuse flottée
La sagesse vacille et charme
L'utopie de la beauté
Pourrie, toutefois désarme
L'insaisissable réalité

Transperce ce cœur exsangue
D'un grondement trop réprimé
Par les silences amers, et tangue
Le hasard désabusé
Le soulagement harangue
Nos distinguables années

Érafle la chair d'abysses
De maelströms en fureurs
Aux blasons sans artifices
Synonymes de frayeurs
Où calcins et immondices
Évoquent l'état des bonheurs

S'escriment l'Homme et le Diable
Pour abattre le sacré
Leurs destinées estimables
Et en devenir aliénés
S'aimer c'est être condamnable
De ne pas avoir été.

L'ODEUR DES MOTS

Les intrigues actionnent
Des jargons de douceurs
Humant trop les tiédeurs
Où la fragrance s'adonne

Et décroîtra la lune
Laquelle alpague de leurres
L'ineffable torpeur
De confondre l'écume

Celle noyée en toi
Absorbée par l'usure
Ces yeux qui la perçurent
Conservent leurs émois

Tellement de ferveurs
Croupissent durant ces fêtes
Où l'esprit de l'aède
Rejoint toute sa fureur

Chérir n'est pas la panacée
Omettre toutes les règles
C'est la joute abritée
D'une partie sans flegme

Où seuls tous les miracles
Qui ne s'expliquent pas
Soutirent des obstacles
Pour vivre cet amour-là

Les locutions posthumes
De ces onguents brailleurs
Frictionnent les honneurs
Au plus près de la brume

Une tocade se fane
Par d'excessives ferveurs
Où se masse l'horreur
D'un terme trop diaphane

Gravissant la luxure
L'enlacement final
Inonde le canal
Camoufle sa fêlure

Un immense calvaire
Où même les capons
Redoutent cet ossuaire
Geignant une leçon

Chérir n'est pas la panacée
Omettre toutes les règles
C'est la joute abritée
D'une partie sans flegme

Où seuls tous les miracles
Qui ne s'expliquent pas
Soutirent des obstacles
Pour vivre cet amour-là.

AMBIVALENCE

Malicieux et désirable
Ses pommettes toujours creusées
Élégant et impeccable
Tu fatigues par ta beauté

Malicieuse et désirable
Tes pommettes maquillées
Putassière et excitable
Tu es la vulgarité

Séduisant et beau parleur
Aux conquêtes incalculables
Tu listes des coups de cœur
Coups de queues bien acceptables

Séduisante et belle parleuse
Des conquêtes indéchiffrables
Tu es l'immense croqueuse
De queues, c'est inacceptable

Voilà le discours si laid
Qui transparaît dans les bouches
Pour toutes et tous ces frustrés
De ne pas être dans les couches

Coriaces et cruelles vérités
S'introduisent dans les nids
Qui disent qu'elle a fauté
Et que lui est un génie

Coriaces et cruelles vérités
Sont de laisser dire encore
Tant de conneries ancrées
Dans des cerveaux déjà morts

Excitant et sexuel
C'est sans doute un étalon
Qui fait jouir la pucelle
Sans avoir à dire non

Excitante et sexuelle
Elle n'a jamais dû dire non
Pour prendre tant de poutrelles
Elle mérite alors son nom

Un homme comme on en fait plus
Sachant tenir son ménage
La culotte est suspendue
À la somme de ses usages

Une femme comme on en fait plus
Redescendant d'un étage
Sa culotte est distendue
Depuis son doux mariage

Heureusement qu'ils sont ternis
Ces archaïsmes noueux
Imposant à corps maudits
D'être victime de vos dieux

La Liberté est au féminin
Alors pourquoi la scléroser
Les siècles immolés et puritains
Ne sont donc pas à respecter

Vivons par nous
Pas pour vos yeux, ni pour vos mots
L'Unique n'appartient qu'à nous
Je ne t'en fais pas cadeau.

JE N'ÉCOUTE PLUS RIEN

Je n'écoute plus rien
Que je ne saurais entendre
Exempt les détours chagrins
Je ne peux me méprendre

C'est un amour fatal
Lui seul en a la cendre
Comme goût principal
Je ne peux rien attendre

Un sinistre attirail
Composant cette tiare
Pose en épouvantail
Au milieu d'un brouillard

Puisque les corps se lèchent
Autrement qu'ils s'animent
S'attirent et s'émèchent
Ils ne sont pas les mimes

Tremblants et réprouvés
De se croire bannis
Face à l'histoire freinée
Au seuil de toutes les nuits

Elle frétille au solstice
D'une ballade sans un bruit
Outrageant le calice
Abreuvoir d'une pluie

Abattement incongru
Telle une perle coulée
Dans la coupe nue
Nage la destinée

Je n'écoute plus rien
Que je ne pourrais entendre
Car tel est le dessein
D'un sentiment à vendre.

MES LUNETTES SONT SALES

Mes lunettes sont sales
N'ont que cette buée
Ces taches de scandales
Ne sont pas nettoyées

C'est peut-être une honte
D'avoir pu les salir
Puisqu'au bout de mes contes
Mes verres sont martyrs

Par l'étrange chaleur
Figeant l'obscurité
Noire et sans pudeur
Distinguant l'effronté

Mes lunettes sont sales
Elles sont mêmes rayées
Par l'audacieuse vestale
Se logeant sous mon nez

Serais-je sans aigreur
Ou sans tare obstruée
Pas d'élan, ni langueur
Pas d'effusion manquée

C'est un peu indigent
D'être endolori
Par le glapissement des gens
Sans avoir eux-mêmes compris

Comment ces lunettes sales
Resteront dans les oublis
Elles seront les escales
Vers un autre paradis

Que celui tant voulu
Des babines pendantes
Mais qui n'existe plus
Qu'au sein d'humeurs pédantes

Et derrière la monture
Une œillade timorée
Enfouit son imposture
Minois d'une société

Ces grosses lunettes sales
Permirent à son porteur
D'éviter tant de balles
Et préserver son cœur.

PARTIE DE CARTES TOURNANTES

Autour d'une table en bois vernie
Plusieurs figures se sont figées
Certaines d'entre elles s'en sont allées
L'ailleurs aussi est un abri

Les cartes sont distribuées
Il n'y a pas d'incompris
Les préceptes qu'on lit
Sont d'une grande clarté

Les atouts sont définis
À tour de rôle peuvent changer
Mais ils siègent tels des alliés
Au creux d'une griffe, ils sont repris

Les amnésiques attablés
Le règlement, ils ont omis
Révélant qu'en comédie
On ne doit pas trop tricher

Et s'éternisent les parties
Tous les atouts sont posés
Les points sont tous comptés
Constamment cette scénographie

Certaines équipes constituées
Bien que sans triches, leurs alibis
Se persuadent d'être concis
Échangeant des signes discrets

Les cartes se jettent avec démence
Un peu comme les équipiers
Qui après s'être quittés
N'obtiennent pas plus de clémence

Les évocations entreposées
De ses innombrables parties
Permettent des devoirs indécis
Rendant hommage aux décédés

Accord commun qui aboutit
Aux nouveaux principes édictés
Constamment continuer
Et ne pas blâmer l'alchimie

Mais si ces nouveaux décrets
Ne feront pâtir que lui
Le seul joueur ici choisi
Pour être le pestiféré

Céder son jeu qu'il a acquis
La place lui est réservée
Devrait être préservée
Et le voici déjà sorti

Pire que jeté
Il est trahi
Feignant avoir bien compris
Qu'on joue ici aux dés

Pile pour l'hypocrisie
Face pour l'intégrité
Mais elle est balayée
Prolongeant un peu l'ennui

Comme si de rien n'était
Elle continue, la partie
Avec l'ensemble des amis
Sauf le dernier éjecté

Détermination ternie
Grâce aux critères de l'amitié
Au final si bien nassée
Suivant qui est choisi

M'exaspérant, esseulé
J'attends les piques de l'existence
N'étant réduit qu'à l'impatience
D'être un vulgaire macchabée

Elle n'est donc pas finie
Au contraire des comités
De ces jeux, ici cités
Entre mes déloyaux amis

Trahi par ceux que l'on aime
C'est exiger de soi
Se frapper d'anathème
Avec Amour pour seule foi.

LA RIDICULE CONCEPTION DE L'ENFER

Mourir
Pour que le repos sonne
Et délasse la personne
De sa survie misérable
Organisme qui s'actionne
Se sentant tolérable

Infléchir
Les époques qui résonnent
Pillent l'ambre qui foisonne
Du bâtisseur affable
Devenant la gorgone
Rendue inapaisable

Souffrir
Sur les grèves, hameçonnent
Des pêcheurs qui s'empoisonnent
D'idéaux et de fables
Énamourés, et soupçonnent
De gémir en coupables

Ouvrir
Ce plastron qui convulsionne
Éreinté, et s'emprisonne
Au creux des marasmes de sables
Silencieux et résonnent
Des tombeaux accusables

Ouïr
La dantesque polissonne
Escarpée, se rançonne
Ma madone adorable
Sous les coups de garçonnes
Assénés par l'aimable

Dormir
Sous la voûte où frissonne
La colonne mollassonne
Des crimes immuables
Aux déchus qui chantonnent
Et aux piétés instables

Étreindre
L'Enfer quand il façonne
Le sillage où dissonent
Les musiques inclassables
Où leur Lucifer s'adonne
Aux rituels qui accablent
Et pourtant normaux.

JE CROISE LES DOIGTS

Je croise les doigts en sermon
Je vivrai un peu après
Pratiquant les frissons
Je ne connais que les excès

J'ai menti aux multitudes
Criant que c'était illogique
Cherchant la sollicitude
Des phénomènes agnostiques

Je recroise les doigts pour nous
J'imagine le calembour
Si l'audace des voyous
Est d'être compte à rebours

Il n'y a pas de paroles
Peu de chance de les comprendre
Lorsqu'elles ne sont jamais drôles
Chansons courageuses si tendres

Je croise les doigts pour vous
Je ne crierai pas hier
Présumant que le tabou
N'évite pas les cimetières

J'ai voulu couvrir la matinée
Je ne voyais pas le risque
En riant d'être masqué
J'ai voilé si fort mon disque

Il n'y a pas de génoise
Pour glacer une objection
Forcé de voir la sournoise
Paraître en ébullition

Je croise les doigts pour moi
Je ne peux rien vous dire
La croix pour celui qui voit
Peut-être vient à l'écrire

J'ai subi un rythme si court
Qu'en sinistre sincérité
J'aime tant pis, même un peu sourd
Tous les vers à méditer

Il n'y a pas de pépiements
De poèmes ou d'allusions
Qui passent en trombe au néant
En œdème des émotions

Je croise les doigts
Je sais que dans le fond
La chair est un pavois
Sais-je raisonner les cons ?

BAPTÊME DU FEU

En attendant le glas ultime
Je reste sans attachement
À l'égard du firmament
Étoilé par des anonymes

La procession est terminée
Sans remords, ni cantates
Le morne s'acclimate
Eux persistent, dévastés

Mais qui était-là ?
Mes paupières sans cellules
Dont la mémoire hulule
De chouettes appâts

Il ne me semble pas
Reconnaître ces faces
Rassemblées et tenaces
Lors d'un éros d'apparat

C'est communément trop long
De faire la biographie
Courte ou longue l'agonie
En justifiant tous les tons

Ceux des jérémiades
Enchaînées avec malices
Permettant que les offices
Aient d'identiques galéjades

Cela trompe-t-il vraiment
Le prononçant ou le prononcé
Je n'en sais rien car le macchabée
Lui ne s'en plaint pas pourtant

La ruine obnubile
Tous mes écrits pressentent les pilleurs
Dont la plupart meurent de peur
Au lieu d'apparaître agiles

Abondance des bienfaits
Pour ce dernier effort
Vous n'avez plus de torts
Le passage est parfait

Délectable portrait humain
Des relations quelques fois sincères
Ne cache soudain aucun mystère
En fait, c'est tout aussi crétin.

DANS LE TOURNIS

Dans le tournis
D'une élégante boîte
Où moi je gis
Pressentant la déboîte

Celle du lendemain
Entérinant naguère
Concédant un soutien
Qu'importe sa manière

La fosse, ce trou
Où reposent les étoiles
Décolorées par les courroux
Des souvenances à poil

Sur les fantasques
Délirantes aventures
Plutôt les frasques
D'amusements de ceintures

Pister la danse
Quand la musique coupe
Suivre la cadence
En braillant de la soupe

Et se traîner
Aux portes de l'église
Qui va bientôt fermer
Le videur concrétise

La songerie terminale
Fait quitter les grands lieux
Bougrement trop banals
Ces longs soirs onéreux

Ces petites oubliettes
Toutes ces chroniques
Certes un peu surfaites
On pourrait bien en rire

Elles n'auront plus cours
Car malgré mes errances
S'escompte le retour
De mon indépendance.

MYSTIQUE

T'es mystique
Dramatique
T'as l'air d'un hommage

T'es caustique
Fantastique
Touchée par les âges

Tous lunaires
Où solaires
Sans trop d'arrimages

Qui s'éclairent
Et se serrent
Malgré les présages

T'es rythmique
Frénétique
Trop confidentielle

Prends des risques
Sans les disques
Poussée par le ciel

Qui abdique
En panique
Face à tes recels

D'un éclair
Sans tonnerre
Pour l'universel

T'es sadique
Nostalgique
Tu n'es qu'un mirage

T'es épique
Famélique
Tout comme un naufrage

Tu m'acères
Trop amère
Au fil du voyage

En corsaire
Ou faussaire
De toute une image.

L'IMPOSSIBLE APPRENTISSAGE

La nyctophilie de l'étreinte
Échaudée de mensonges
Où se mêlent les absinthes
Osmose des symbioses
Frémissantes et obscènes
Se fourvoient en délices
Des semences ancestrales

D'une lucarne qui se tord
S'avachit et se vautre
Dans l'odyssée interdite
Se soupçonner unique et exquis
S'endiablent les risques
Cet incompris dénué de prestige
Qui geint sans entrevoir

S'agrippant à ces draps
Renouvelant les aubes
Déesses qui ignorent
Que le répit de la trique
Se clôture si vite
Revêt la macabre intention
Du linceul épeuré

La langueur du galant
S'aveugle d'un trait
L'ancien nyctalope s'égare
Et s'exténue à concevoir
Chaque seconde intruse
Tailladant la justesse
Se tenant ébaubie

Devant tant de puissances
S'entrechoquent les sexes
Divulguant les fjords
Insoupçonnés et azuréens
Ils n'absolvent pas les offenses
Presque les lueurs
C'est l'absence immédiate

En suggérant de pratiquer
On construit l'horizon
Même des hallucinations
Que devient l'insatiable
Amour, dont on est lacunaire
Indéfiniment condamne
À n'être que névrosé.

PLEURS LYRIQUES

Ma mélopée sans visage
Où les artefacts d'un cœur
Momifié et sans chaleur
Au creux du sarcophage

Sous le houleux présage
Où se mire ma croyance
Il n'y a pas d'usages
Portant ma délivrance

Sans sa bienveillance
Pour l'entrain ébahi
Par cette accoutumance
À se croire infinie

Il n'y a pas d'envie
Quand le hasard s'enterre
D'un fascinant ennui
Est cet astre polaire

Qui guiderait les serres
D'un oiseau torturé
Par une cage dorée
Enfermé, s'y lacère

Épuisé, mortifère
Serait son apogée
De battre ainsi le fer
Palpitant arrêté

Pour l'offrande à Venus
Qu'y a-t-il à dédier
Si ce n'est l'Angélus
Qui me fait tant crever

Si vierge elle doit dormir
Ma parole s'obscurcit
De ces honteux désirs
D'un dessin sans habits

Le pénétrant qui luit
Dans tous mes cimetières
Aux confins de la Terre
Il n'y a plus de bruits

Ce synode réduit
Au baiser sans fureur
N'a donc trouvé pour lui
Qu'un seul goût sans saveur.

RAPPELLE-TOI CE SOLDAT

Rappelle-toi le soldat
N'étant jamais parti
Pour faire son combat
Mais a pris le fusil

Des millions d'entre nous
Ignorent tout de la guerre
Et c'est presque à genoux
Qu'ils demandent à la faire

Mais ne sont-ils pas fous
Ceux qui l'ont tant connue
Les autres dans ces trous
Regrettent leur temps conclu

Rappelle-toi l'Épargné
Qui ne partira pas
Pour être sacrifié
Sur l'autel des trépas

Des milliers d'entre nous
Vivrons pour s'en souvenir
Que nous sommes encore tous
Sujets à ses empires

Des folies personnelles
Outrageuse société
Devient exceptionnelle
Elle est préconisée

Rappelle-toi le souffle
D'un enfant qui va naître
Sans parcourir les gouffres
Où sont morts ses ancêtres

Ne jamais oublier
Là est tout l'enjeu
Mais de se faire prier
De jouer à ce jeu

Tristement révoltant
Que pour toutes les gaffes
Supposez vos mamans
Écrire vos épitaphes

Rappeler que tu vis
Toi qui fusses gracié
Blessé ou pas conscrit
Tu es un évadé

Temporaire, c'est sûr
Mais tu ne tomberas pas
Sous de fausses allures
De martyrs des combats

Alors je veux prier
Même si elle est fragile
Qu'elle soit la protégée
La tendre cantabile

Rappelle-toi son nom
Devant être glorifié
Et protéger des cons
S'espère toujours la paix.

SI JE TE DIS DES MOTS

Si je te dis des mots
Les plus inattendus
Rendant un peu accro
Aux termes superflus

Ils estiment l'espérance
Quantifient les honneurs
Conçoivent des manigances
Quand sonnent les malheurs

Si j'ai tant de souffrances
À te les sermonner
C'est un peu mon enfance
Chaque fois à déclarer

Je présume les tiens
Derrière les dents, les lèvres
Ceux qu'autant tu soutiens
J'espère ne sont pas mièvres

Une phrase maladroite
Une frasque égarée
Qu'importe le sonnet
Elles sont inadéquates

Un cliché maladroit
Pour décrire la durée
N'ayant pas écoulé
Le sablier bien droit

Si je te dis les mots
Que l'on ne gobe jamais
Ils ne sont pas très beaux
Et n'ont pas tes attraits

Ils raffolent d'emphases
Pour décrire nos idylles
Mais ne sont plus en phases
Et se tiennent immobiles

Si j'émets des rancœurs
Pointant ces duretés
Je ne suis pas vainqueur
Malgré les plombs tirés

Je devine la rage
Le cafard, l'adulation
Même s'ils nagent
Dans l'étang des fictions

Une formule incongrue
Décrivant l'innommé
N'a pas bien remarqué
Être bientôt l'exclu

Expression maladive
Elle qui transpose
Létales, toutes mes proses
Sont celles trop tardives

Car le discours est clos
Il n'y a pas de rivages
Où s'amarre le radeau
De nos batifolages

Enfin, c'est terminé
Ce mutique intervalle
Aura peu frissonné
D'ambitions cérébrales

Il n'y a plus d'après
Issu du Saint-Germain
Que Béart a conté
Pour nos moments câlins

Cette commémoration
De toutes les différences
Livre les adorations
Et fustige les sentences.

TANT DE MOTS DANS LES SILENCES

Il y a tant de mots
Dans tous ces secrets
Qui survolent ma peau
Au-delà des regrets

Le chef-d'œuvre orchestral
Se pince non sans faux
Par des cordes astrales
En accordant ce lot

La *Gymnopédie*
D'une carcasse dénudée
Rituel bien maudit
Visant à provoquer

Ce mutisme taquin
D'une bouche fermée
À l'aspect bien coquin
Se prêtant à rêver

Il y a tant de mots
Dans tous ces silences
Qui effleurent ma peau
Au-delà de mes sens

Cet arrêt immortel
Immatérialité feinte
S'ambitionnant cruelle
Quand celle-ci est atteinte

L'enthousiasme ravi
Hors fards et fardeaux
Séduisante alchimie
Archet et pizzicato

Où s'étranglent anacrouses
Croches et arpèges
Sur un feuillet se cousent
Exempts de sacrilèges

Il y a tant de mots
Dans tous ces secrets
Qui survolent ma peau
Au-delà des regrets

À en croire mes adages
Seule la musique serait
Destinataire d'hommage
Enfin revendiqué

Sans réponse, elle restera
Avant même la question
Qui posée ne pourra pas
Être, puisque nous nous taisons.

DU 23 AU 24, UNE NUIT

Sur les brasiers des souffrances
Se déclenchent dans la nuit
Les intempéries de la vie
Aux affres des pires conséquences

Celles qui émiettent les soleils
Détruisent les merveilles
Des heures angéliques et rares
Aux dates où déferlent les chars

Les miasmes de ces évènements
Souvent entérinés par l'aberration
D'une chimérique et nouvelle situation
Aux revers belliqueux et insistants

Langue étrusque entre les hommes
Croquant trop souvent la pomme
Arrivant à la génuflexion
Aux tourmentées désillusions

Mais qui pense à ce brillant
Zénith fébrile et presque chaud
Éclairant aussi les vivants
Et n'exalte rien sous les monceaux

Des flammes trop connues
Des siestes tant préparées
Minutieusement sont prolongées
Les âmes de la déconvenue

Où se frictionnent, tremblotantes
Des membranes pendantes
Priant la cessation des déluges
Ces pleurs sanglants y trouvent refuge

Les foules apatrides ont pour repas
Des rigolades, chasseuses de tourments
Les courses des chats et même des enfants
Aux inconsciences nues, délaissent leurs traumas

De lointaines frontières s'érodent
Sous les éclats fondus, provoquant l'exode
Les portraits décharnés de revers incertains
Aux raisons indirectes, aux ossements humains

Frénésies persistantes de craintes accrues
Elles n'ont pas cessé depuis l'alerte générale
Glissent tant de destins sur des pentes glaciales
Aux passionnettes vivantes qui pourrissent incongrues

S'évader pour frissonner encore
Délicieux jubilés ne me rappellent rien
L'arme est prise, fige néanmoins le sort
De tous ceux détenant un futur incertain

Rejoindre les dunes des bords mourants
Des terrains escarpés pour construire une histoire
Il y en aura plus, lorsque tous les vivants
Choisiront la sagesse et les mémoires.

ARRACHE-TOI LE CŒUR

Arrache-toi le cœur
Qu'il ne batte plus
Tes colères suspendues
Auront peu de rancœurs

Arrache-toi le cœur
Toi qui ne sais savourer
L'idée de réprouver
La rage d'une lenteur

Arrache-toi le cœur
Quand il est corrompu
Ses valvules s'obstruent
Devant tant de moiteurs

Arrache-le enfin !
Regarde, c'était si dur
De loger cet obscur
Désir de n'être rien

Arrache-toi le cœur
Toi admirant ému
La glace toute fendue
Détruite par ces pleurs

Arrache-toi le cœur
Si ta blessure se fige
Et donne les vertiges
Bashung a ta hauteur

Ne te l'arrache pas !
Il est bien trop précieux
Languir n'est pas hideux
Même si c'est ton combat

Ne te l'arrache pas
Je me suis tant trompé
Même si tu l'as souhaité
Tantôt tu comprendras

Car si tu te l'arraches
Ce cœur qui a souffert
Ivre de ses colères
Abattra ses attaches

Arrache tes souffrances
Du frémissant mordu
Lui-même n'en peut plus
Mais il te fait confiance.

POPULI ET POPULETTE

Populi et Populette
S'envolent vers l'horizon
Dansant au sein des guinguettes
Suivant leurs déclinaisons

Populi et Populette
S'établissent avec union
Pour valser comme en goguette
Sur les restes des sanctions

Toutes les mascarades
Reprennent leurs chansons
On entend la cavalcade
Leurs conneries en bataillons

Populi et Populette
S'enracinent avec raison
Jouant comme trouble-fêtes
Les synonymes d'arpions

Populi et Populette
S'agenouillent sans façon
Se constituant honnêtes
De leurs abominations

Dans les foyers, les météores
Tapent sous les toitures
Et fracassent avec pléthore
L'ensemble des conjonctures

Populi et Populette
Écharpent la télévision
Puis s'embrassent en tête-à-tête
Pour défendre leurs bastions

Populi et Populette
S'estiment l'opposition
Aux formules, idées abjectes
D'envisager l'humain bon

En vouant tous nos espoirs
Aux perfides trublions
Ils nous laissent les désespoirs
Jurant qu'il n'y a pas d'union

Populi et Populette
Éclatent le tourbillon
Mais déjà finit la fête
Les aimants ont bien dit non.

C'EST LÀ-BAS

Au Nord de territoires arides
Où frappent les soleils
De ces éclats vermeils
Entreprenant des rides

Dans une terre au chaud
Où règnent les étangs
Échappant aux serpents
Et amoncellent l'eau

S'éloignent les paysages
Où naissent les mensonges
Animant bien les songes
De ceux qui y voyagent

Il n'y a pas d'avril
Aux sommets des juillets
Revendiquant l'été
Se découvrant d'un fil

Je louche sur un là-bas
Fabriqué de si peu
Et que j'adore déjà
Sans y ouvrir mes yeux

Je rêve de là-bas
Sans bien le définir
Mais je sais qu'ici bas
Je ne veux pas finir

Au Sud des plaines australes
Où frappent tous les gels
Absentes sont les nigelles
Pourtant fleurs bleues astrales

Dans une terre du froid
Où la glace s'étend
Catabatique s'entend
Ne souffle pas en roi

Loin de tous les sillages
Où bougent ces îlots
Tanguent au-delà des mots
Fuyant les grands pillages

Ceux chagrinant l'hiver
Aux froideurs de janvier
S'installent en février
Exilant l'univers

Je mire ces là-bas
Que je suppose aussi
En rêvant que samba
S'ambiance à l'infini

Je scrute vers là-bas
Sans trop le définir
Mais je sais qu'ici bas
Je ne veux pas finir

Le méridien des larmes
Détourne des continents
Les orages et le vent
Ne mouillent pas mes rames

Celles faisant des bruits
Initiant des chimères
Crues comme nos mères
Créant nos paradis

Je pense à un pays
Qui n'a pas de frontières
Il n'y fera pas gris
Du moins si je l'espère

J'innove ce pays
N'appartenant qu'à moi
Même la saison des pluies
Et me donne en émoi

Le choix de m'éveiller
Quand bon me semblera
Sans perles de rosée
Mais des rêves encore là.

DE LA MINE AU SOLEIL

De la mine au soleil
C'est un travail de forçat
Dès le gong du réveil
Le labeur s'éternisa

De toutes les poussières
Du siliceux en émoi
On n'respire pas sincère
Car dans la gorge elles se noient

Ces milliers de substances
Que seul le feu brûlera
Ça n'a pas d'importance
Si le salaire est bien là

De la mine au soleil
Du petit matin au soir
De toutes les étincelles
Devenant toujours noirs

Entrés au fond du trou
Jusqu'au moment du « bonsoir »
Ce n'est pas sans remous
Qu'on en revient par hasard

Chaque journée décidée
C'est le moment de surprendre
L'ingénieur alerté
Sans son métrage à attendre

Les huit heures quotidiennes
Passées sans lumières au chaud
Virevoltent nos pelles
Voulant extraire le gros

Peu importe le prix
Encore moins ceux des sangs
Versés pour cette trémie
Devant se remplir souvent

Des souffles suspendus
L'acte de descendre au puits
Des coups de grisou rendus
Quand la montagne s'écrie

De mille escapades
Tout au fond de ce tunnel
Il n'y a pas d'incartades
C'est fatal et cruel

De la mine au soleil
Le temps des frasques navrantes
C'est l'heure du sommeil
Au fond du lit, en attente

D'une histoire de vie
D'anthracite et faites de gré
Auprès de mes amis
Dans ces berlines ont dansé

Les millions de coups de pioches
Afin d'extraire cette tannée
En sonnant toutes les cloches
Le charbon est dégagé

Malgré tous les malheurs
De ces labeurs, de ces cages
J'ai rencontré un cœur
Sur une place de triage

Elle était faible et sale
Mais c'est l'aurore incarnée
Car l'amante est bestiale
Coup de foudre concret

Ces quelques ritournelles
En transe, avec j'ai dansé
Et mon cœur se révèle
Une fois finie la journée

De la mine au soleil
C'était mon bonheur taché
D'étang noir et vermeil
L'esprit n'a rien oublié

De la mine au soleil
Je n'oublierai plus jamais
Le couple s'émerveille
Une fois la nuit tombée.

JE NE SAIS PAS QUOI DIRE

Je ne sais pas quoi dire
Les avis s'entrechoquent
Sur des clichés infimes
Où les leurres se gondolent
En édens qui défilent
Sans manteaux de chagrins

Je ne sais pas quoi dire
Lorsque le temps se fume
Se cendre auprès d'un livre
Que le gisant parfume
Pour que la maison vide
Offre un silence d'or

Je ne sais pas quoi dire
Au hasard des couplets
S'étire le soir et mire
Un peu trop l'adoré
Ne sachant pas mieux faire
Qu'apaiser les errements

Je ne sais pas quoi dire
Durant toutes les bourrasques
Qui soufflent un peu mes bribes
Sur les débris, sans casques
De ces psychés risibles
Aux sommets des funestes

Je ne sais pas quoi dire
Entrouvrant malgré moi
De trop grands appétits
Engloutissant chaque fois
Ces fruits tant interdits
Pour l'homme tenté

Je ne sais pas quoi dire
Qui n'a pas été dit
Pareillement le lire
Me rends un peu maudit
Persuadé des délires
N'appartenant qu'à lui

Je ne sais pas quoi dire
Quoi de plus, quoi en fait
C'est impoli d'en rire
Et c'est là ma défaite
S'apprécier poète
De pulsions défendues

Je ne sais plus quoi dire
À défaut de le faire
C'est bien pour un sourire
Dépourvu de manière
Ces volontés lunaires
Aux antres de mes soupirs.

LA CHANSON SURANNÉE

Près du pont de l'Alma
S'entassent les sanglots
Ils ne rigolent pas
Et s'estiment un peu trop

Sous la grande coupole
Invalide est mon cœur
S'immisce l'auréole
D'un mariage intérieur

Presque est l'île du saint
Quand les canaux découlent
D'un marché incertain
Où se vendent les moules

Déflore le magot
Des tristesses d'une idole
Prenant la rue Soufflot
Ramène son symbole

Douce est la cité
Séparant la foule
De Notre-Dame brûlée
Par le vent de la houle

Les manteaux ne sont blancs
Que si l'archive est nue
Critique d'encensement
Pour mes hymens déçus

La sirène sulpicienne
Près de Napoléon
Tout proche de la Seine
Violente son érosion

Certes sans barcarolles
La gondole se tasse
Mais libère les groles
Attablées en terrasses

Ce fabuleux endroit
Est donc un vrai lagon
Où s'entassèrent les rois
Et où s'aimèrent les cons

Car c'est ici et là
Partout et nulle part
Qu'un cœur, même à plat
Palpite et repart

Dans la ville sans fin
Chapelle des discours
S'abreuvent à Saint-Germain
Les dandys de l'amour.

L'INEPTE HABITUDE

Quelle longueur monotone
Ces hélices du climat
Aux candeurs friponnes
Elles ne tournent pas

La brise légère
Effleurant ma peau
En guise de poussière
Resplendissent les sanglots

Semblant être une farce
Divertir est un fardeau
Apparaître tenace
Mais se tirer au trot

Suave habitude
Que j'ai pris bien souvent
Les secousses éludent
Ces concerts énervants

Appliquer à la lettre
L'ensemble des conseils
Répliquant pour soumettre
Les temples des sommeils

Ceux-là mêmes qui s'offensent
Lorsque d'immenses damnés
Subissent des sentences
Sous les coups, lancées

Contre les âpres pourtours
Romançant les plaisirs
Ces sexuels retours
N'encensent que de souffrir

L'innocence perdue
Une caresse meurtrie
Inconsciente de l'abus
S'éteindra dans les cris

Difficilement atteints
Les passifs de la vie
Apparemment éteins
Inactifs des folies

N'ont rien vu, tristement
Ni mes peurs éperdues
Ou même mes torrents
Alors je me suis tu.

LE PRINCE DES HOMMAGES

Tant de corps qui frémissent
Sous les reflets s'atteignent
Des prostates qui gémissent
Cent mille bouches s'étreignent

Au-delà des saisons
Où gambadent les âges
Y chercher sa façon
De montrer son plumage

Et moi j'attends
Les flocons, le soleil
Pour qu'un seul des amants
Se risque à mon oreille

Et moi j'attends
Le prince des hommages
Son charme triomphant
Me causera des dommages

Tant de sueurs se mêlent
Sous les enceintes vibrantes
Tant de larmes se scellent
Lendemains à suspendre

Que se changent les heures
Du moins qu'elles s'arrêtent
Fréquemment notre cœur
Devient un peu comète

Et moi j'attends
Les soleils, le flocon
Pour qu'un seul des instants
Se fige sur un nom

Et moi j'attends
Le prince des hommages
De son charme imposant
Je ne prends pas ombrage

Tant de risques connus
Par de fausses hardiesses
Tant de saveurs perdues
Cent mille bulles se percent

S'enivrent d'interdits
Toutes ses ombres distraites
Symbolisent l'embellie
D'églogues un peu concrètes

Et moi j'attends
Mon flocon, mon soleil
Pour qu'un seul des moments
Évoque une merveille

Et moi j'attends
Le prince des hommages
Celui qui à présent
N'en fait pas déballage

Et moi j'attends
Je ne sais pas le faire
Ce ballet incessant
Semblant pourtant me plaire

Et moi j'attends
J'entends une histoire
N'étant pas au présent
Sa fin est illusoire.

DE PARIS À VERLAINE

Jasmin de mes pêchés
Extasie de prestance
Et permets-moi la chance
De souhaiter un baiser

À l'être qui anime
La crainte des étendues
Lorsque couché, sans but
Je fréquente tes cymes

Celles qui frôlent au loin
Les globes ambitieux
Cherchant un peu taquins
À nous rendre malheureux

De Paris à Verlaine
D'Arthur à Liverpool
C'est un amant sans haine
Qui s'éprend de la foule

De Bangkok à Sappho
De Saint-John au Midi
C'est un aimant de dos
Qui s'en va et qui fuit

Lilas des aventures
Enveloppe l'idylle
Risquant pour moi cette île
Sans avions, ni voitures

L'être qui amoncelle
Sur les berges lointaines
Les breloques de la Seine
Ces amas qui recèlent

De trésors sans issues
Comment je le saurai
Puisqu'il n'y aura plus
De demain pour après

De Paris à Verlaine
D'Arthur à Liverpool
C'est un amant sans haine
Qui s'éprend de la foule

De Bangkok à Sappho
De Saint-John au Midi
C'est un aimant de dos
Qui s'en va et qui fuit

Si la rose séchée
Pleine de désagréments
Prouve immédiatement
Qu'elle se fige surannée

Son fumet est une rime
Déjà trop distendue
Soliloque le ventru
Gavé par trop de rythmes

Il n'a plus rien à vivre
Du moins c'est ce qu'il croit
Attendant de relire
Son chapitre dix fois

Mais c'est bientôt fini
Lorsqu'il n'y a pas de bruit
Il file pour un séjour
Défiant les vautours

Enlace les trois mots
Qu'il aura bien trop dit
Et sentent autant le faux
Qu'ils sont maintenant bannis.

JÉRÉMIADES EN GONDOLES

Livide est la nuitée italienne
Où se pâme dans le soir
La Vénus, fausse reine
Des affects méritoires

Les fenêtres excluent l'adversaire
Ce désastre fort et sincère
Sonne l'absence d'un critère
En guise d'offense, une prière

Duperie drôle, du moins se croient
Ces frivoles outrances aux abois
Considèrent futiles les émotions
Pourtant pas inutiles, elles le sont

Qu'importe l'évènement
L'éclipse immédiate de ce loisir
Sans essai, se transformant
En berlues folles à saisir

La sinistrose continuelle
Foudroyante comme un éclair
Le sein damné mais tant cruel
Se voit ballant sans un ciel clair

Ils outrepassent les manies
Des volontés subies
Il n'y a pas d'autres abris
Officines de tes lubies

Pleurniche la repentance
Essentielle pour ta santé
Fidèle à tes croyances
Dépourvues d'humilités.

LA PROMESSE

Les tornades de feuilles
Valdinguent dans le vent
Je crains tant les écueils
Parsemant les serments

Ceux que j'ai oubliés
Beaucoup d'autres m'engagent
Encombrant mes projets
Et forment mes grillages

Canicule plombante
Manquant d'intempéries
Mes paupières sont tombantes
Et n'ont plus d'appétit

Ambitions faméliques
Durent si longtemps
Façonnant l'Atavique
Réduit et mécontent

Ringardises des mots
S'enchevêtrent aussi
Formatant le halo
Tout en étant promis

Et puis que reste-t-il ?
Si ce n'est les dorures
Des promesses subtiles
Vernissages des raclures

Capable de faire les choix
Émettre un « non » sera permis
Et crier à haute voix
Inocule l'envie.

ÉLOGE DE LA NUIT FURTIVE

Soirées savantes exemptes d'attraits
Ouvrez les cœurs aux vacarmes suspects
Ils n'ont d'aigreurs que leurs tristesses
Ces couvents ternes abolissant la liesse

En sautant la barrière du rivage éploré
Sous l'ombrage d'un saule contre l'adversité
Ces câlins marginaux aux consonances discrètes
Entrent pleinement et grondent, atmosphère secrète

Prévoyant les demandes au nom de la relève
Offrandes aux perdants, acceptations des grèves
Illusoires agréments aux angles pernicieux
Préférant donc courir, derrière l'amoureux

Truculente intrigue, hypnotiques badinages
Fondus dans cette maison aux fondations trop sages
Recouverte de verdure luisante, luxuriante
Troublant l'ascète de braise, de rengaines insistantes

Crépusculaires volontés s'immolent à la fin
Ces disparus, ces fous, dépouillés de leurs pains
Libérez les faiblesses de ces mânes impromptues
Blessures et lésions ne sont pas assez crues.

AMÉLIADE

Néologisme fidèle à sa douceur
Ne se contemplant pas
Ressentie instantanément
Prodigue un soin, non pas pour l'éclat
Seulement ce frisson de bonheur

Sans doléances autour du cou
L'acharnement de la tourmentée
Est de se fondre et n'apprendre
D'elle, que ce que l'on sait
Comprendre est un bien bel atout

Introspection de sa carte
Incisive et risquée, de l'avoir perdu
L'audace du talent ne se lasse
Du véritable régal à l'avoir lu
Cajolerie d'un pli en guise de charte

D'une main blanche sans pâleur
Hypnotisante sur le papier
Via la plume, c'est un effort
Disant beaucoup de vérités
Implicites et fortes, sans peurs

Les lignes s'accouplent avec unions
S'acèrent les doigts autour des mots
S'étranglent les caprices
Ne berçant que d'autres lots
Filatures de mondes en haillons

L'enivrante noirceur inaliénable
Est éternelle de vie, phare de l'Autre
Excluant les glorioles, elle convole
Irréaliste est son art, le vôtre
Sans aiguilles et affable

L'osmose des automnes rassemblés
Sous le chapeau clandestin de sa pudeur
Glorifier n'est pas se sanctifier
Rendons méritante sa candeur
De ne pas se savoir à ce point aimée

Avec emphases et désuétudes
Propres à l'auteur des verbes cristallins
Maladroites gerçures aux dents dures
Sans myriades déclamant ce sibyllin
Message, caractéristique d'infinitude

Des bontés torrentielles et absolues
Déversées en une rencontre puis couchées
En guise de landaus
Correspondants à tous les grés
De nos platoniques sentiments vécus

Commis comme des blasphèmes
Injonctions sociétales marquées
Aux fers des carcans, des enfers
Des différences s'admettent vérités
Un humain prend goût aux baptêmes

La quiétude *sakurienne* de l'amante titanesque
Aux effluves des solstices dénués de dates
Le pouvoir des lettres se voulant un savoir
En dédier quelques-unes dont elle n'est lauréate
Une *Améliade* se songe et se vit romanesque

Chère Douceur.

J'ESSAIE DE SAVOIR CE QUI CLOCHE

J'essaie de savoir ce qui cloche
L'approche c'est mon tracas
Une cohorte dans la caboche
D'horreurs et de coups bas

Une cloche ça se sonne
Sonate de mon émoi
Moi j'entends que tout résonne
Car le vide est en moi

Je n'y arrive pas
Parce que c'est indicible
Mais qu'est-ce qui ne va pas ?
C'est puissamment risible

Je suis comme je suis
C'est ce que disait Gréco
Comme je n'ai pas d'écho
Je me retrouve et fuis

J'essaie de savoir ce qui cloche
Chez moi-même pas chez l'autre
Se vautrant dans ma débauche
Pour ne jamais être la nôtre

Un clocher peut s'écrouler
Croule encore sous son poids
Moi j'attends l'Humanité
Celle n'étant pas de toi

Je n'y arrive pas
Parce que c'est indicible
Mais qu'est-ce qui ne va pas ?
C'est presque trop risible

Aime-moi comme je suis
Tente d'être ce que j'essaie
De saisir sans un succès
Je languis l'esprit et fuis

Au ban de mes faux sourires
Rire n'est qu'une illusion
Je vous adore mais sans le dire
Si peu ressentent mon sermon

J'essaie de savoir ce qui cloche
Même moche, j'essaie toujours
Amour, amitié, tout cela dans la roche
Ne se gravera pas plus le jour.

PARDONNE-MOI D'AVANCE DE T'AIMER

Pardonne-moi d'avance de t'aimer
Toi que je ne connais pas encore
Inconnu(e) des voyages moribonds
Effaçant les anciennes floraisons
Des fougues étendues vastes et plénières
Celles dont on se lasse sans façon

Ces gerbes de pivoines corsées
Devrais-je les croire si belles ?
Elles ressemblent à nous
D'avantage à ce que nous aurions pu être
Ni à ravir, ni à chérir, juste sans épines
Elles moisissent à défaut de tomber

Pardonne-moi d'avance de t'aimer
Sans prénom, sans visage, sans frayeur
Respirer est un décès continu pour moi
Je ne peux rien offrir, je veux que tout larmoie
Cette sanglante véracité, ce tombeau des crieurs
Ribambelle de mystères et d'émois

Ils n'ont pas lieu, mais se serrent
Contre une poitrine indicible et forte
Fais-moi voir que tu existes un instant
Pour que le visage luisant de bonheur
Se cloue dans l'expression de son arrêt
Et j'aurai pu agir en filant, sincère

Pardonne-moi encore de t'aimer
Tant de caractères, ceux si criards
Enfoncent les poitrails autant que les cœurs
Des lopins sans sillons où s'endorment les fleurs
Les futures orchidées, vandales d'un épris tard
L'adjectif devient nom quand il n'a de senteur

Je tourne perpétuellement ne te trouvant pas
Irritant ma douleur, ce sentiment concret
Ignorant être plutôt que de devenir
Tournant l'éternité, avec mes maux
Qui extirpent l'essence de l'Homme
Aux aboiements fortuits et aux traumas

Pardonne-moi encore de t'aimer
Sur un fil suspendu au-delà de l'astre
La théière enfumée bouillonnante du tort
Bénissant l'absolue, s'amusant de la mort
Toutes les espiègleries s'encastrent
Dans les chemins damnés, connaissance des remords

Ne pas avoir su faire plutôt que de n'avoir pu
Hallucinantes mixtures, recherchant les épices
Assaisonnent un mystère pour toucher une fois
Le réel presque fou, impossible en flânant
Détruit et abominable, le regret intervient
Comme argument vicieux ne se sachant vaincu

L'impardonnable passade volante et voleuse
Dont ne souffrent que ciels attrapant la mouche
L'empreinte d'une lenteur monotone
Où se rêve le passage, serein je frissonne
Persuadé d'être vif lorsque les aubes se couchent
Enchaîné et seul, c'est mon cœur qui dissone.

LA MADELEINE

À l'odeur d'une madeleine
On ne se rappelle pas vraiment
Pourquoi sans en perdre haleine
On en voudrait toujours autant

Les textures sont trop souvent
Ribambelles de faux que j'assène
Et se délectent amèrement
De se trouver fausses sirènes

À l'odeur d'une madeleine
Tous les goûts s'assemblent pourtant
Au fin fond des voix trop sereines
Celles qui réclament absolument

Les contours un peu croustillants
On se fabrique encore la peine
De croquer abusivement
Dans ceux qui sont cancérigènes

Car l'odeur d'une madeleine
A ses dangers préoccupants
Démentant qu'elles sont indigènes
Rendant chimère le printemps

Se mentir à tous les instants
Ils sommeillent hallucinogènes
Appauvrir les airs méfiants
Nous rendant presque anxiogènes

À l'odeur d'une madeleine
Faut-il fuir le tout en courant ?
Qu'elle nous rende trop humaine
Appréciant tous les fervents

Même dangereux l'accident
Il en demeure l'oxygène
De retrouver de temps en temps
Ces bibelots en sont fontaines

À l'odeur d'une madeleine
On ne préjuge pas que les gens
Se figurent trop hétérogènes
N'appréciant pas ces moments

C'est un fou ou un savant
Dont la plume ici nous enseigne
Ce concept qu'admirablement
Le dit monsieur a mis en scène

Car l'odeur d'une madeleine
Est un plaisir trop innocent
Celle de Proust en est mécène
De nos pages d'égarements

La mémoire n'est pas le vent
Même si quelquefois elle égrène
Les souvenirs de nos temps présents
Conjugués au passé en peine.

TROP AIMER

Trop aimer
N'est-ce plus aimer vraiment
En désirant autant
On n'aime plus les gens

Ces gens de toutes sortes
S'abreuvent de chaos
Pour que les quiproquos
Élèvent des héros

Flamber presque un peu fort
Croquer les incendiaires
Détester ces commères
Disparaître solitaire

C'est imager la vie
De progrès fabuleux
Ternis par les précieux
Mirages mystérieux

Aimant les au revoir
Plutôt que les bonjours
Conduire sans détour
L'élu loin des recours

Les soupirs insistants
Respirent la justesse
Des prisons de bassesses
Croulent sans paresses

S’aimer encore un peu
Sentir que c’est fini
Cauchemarder depuis
S’écoulant l’infinie

La vie.

LES AMOURS IMAGINAIRES

Les amours imaginaires
S'immiscent dans nos vies
Composent les bestiaires
D'innommables hystéries

Les amours imaginaires
Rivalisent de stratagèmes
Aux conséquences sans gênes
Pour les schémas ordinaires

L'amoureux imaginaire
Frétillant à l'horizon
En mordra bien la poussière
Détournant sa pâmoison

Où l'amour imaginaire
Annihile la floraison
D'indulgences et de passions
Ne s'entichent pas les fières

Qui d'amours imaginaires
Ne raffolent presque plus
D'autant qu'elles sont sévères
Et se désolent, bien déçues

Des amours imaginaires
Virevoltent les idylliques
Pensées un peu trop amères
Résumant autant les niques

Les amours imaginaires
Désorientent l'énergie
Rendement un peu solaire
Même si la détresse luit

Les amours imaginaires
Utilisent les théorèmes
Si seulement ils essaiment
La froideur des tortionnaires

L'amoureuse imaginaire
Bousille le tourbillon
De l'amour tant incendiaire
Au brûlot des déraisons

Où l'amour imaginaire
Flingue en somme la nation
Constituée même sans terres
En romance des fictions

Qui d'amours imaginaires
Ne s'enticheront pas plus
Les volées trop suicidaires
Provoquent souvent les afflux

Des amours imaginaires
On imagine tous les risques
Même dans le sens contraire
C'est ce mythe que l'on confisque

Les amours imaginaires
Semblent provoquer d'office
La lubie de vents stellaires
Emportant parfois l'abysse

Ces amours imaginaires
Quoi qu'en dise la raison
Le cerveau ou les lombaires
Cela paraît bien trop long

Mais les amours imaginaires
Continuellement priorisées
Leurs errances en sont sincères
Lorsqu'il s'agit de s'aimer.

JE TE REGARDE

Je te regarde
Tu me vois
Il n'y a pas de langue
Pour te décrire

Je ne vois pas
Ce que tu crois
Que tu es beau
Que tu es belle

Je te regarde
Et je te vois
À demi-mot
Et ne crois pas

Que tu es l'autre
Ne t'en va pas
Même sur une côte
L'Amour est là

Tu es mon autre
Qui ne va pas
C'est pas une faute
N'être que soi

Je te regarde
Tu ne me vois plus
C'est un navire
Faisant naufrage

Je ne vois pas
Que tu me regardes
Que c'est si beau
Quand tu m'as vu

Je te regarde
Et tu ne sais plus
Si ce cadeau
Peut-être dû

Que tu es l'autre
Sans les « pourquoi »
Tous mes apôtres
Morts au combat

Que tu es l'autre
Qu'en fait ça va
C'est pas sans-faute
C'est comme ça

Je suis ton autre
Je te regarde
Tu es une autre
Il n'y a pas de quoi

Qu'est-ce que c'est beau
L'instant gravé
J'oublie les autres
Pour t'admirer.

L'ÉCONDUIT DU BOIS

Allume ta cigarette
Sous la voie lactée
Où toussent les planètes
Devant tant de fumée

Toi qui les enchaînes
Néphrétiques fossoyeuses
N'étant que les trieuses
Des angoisses humaines

Pauvres yeux embués
Par l'intensive odeur
De tabac bien filtré
Alimentant les peurs

À déclamer des mots
N'augurant pas de sens
Mais figeant la séquence
Plus forte qu'un anneau

La délicieuse idylle
Au filtre un peu jauni
Se jetant et défile
Dans le cendrier gris

Pupilles sanglotent encore
Les bouffées suspendues
Autour d'un lien perdu
Prétextant tous les sorts

Ceux étant réservés
Pour tous les éconduits
Capables de les aimer
Ciels qui bossent la nuit

L'escort est assassin
Pour mon cœur trop fragile
Mais l'addition agile
Signe déjà sa fin.

MIROIR

Miroir des âges
Dans mes reflets d'argent
Scintillent les présages
Des bontés de mon temps

Miroir des rivages
Où s'accostent des gens
Ne suivant pas l'adage
Et sifflent péniblement

Miroir des clivages
Sclérose les vivants
Modifiera les pages
Ce n'est pas épatant

Miroir des hommages
Qui trépassent souvent
Lorsque l'humeur en rage
S'effondre même au présent

Miroir des nuages
Cassant les tourments
Se forment des coquillages
Sur cette plage, pourtant

Miroir d'enfantillages
Commentaires de parents
S'étreignent et se partagent
Des avis palpitants

Miroir des voyages
Sauve les soupirants
S'y enlacent ces sauvages
Dénudés, excitants

Miroir de mes pillages
Fracassés et mouvants
De tous nos badinages
On revient combattant

Miroir des torpillages
Que m'inflige l'assaillant
J'estime les dommages
En comptant les absents.

ÊTRE JALOUX DU SOLEIL

Attendre les ténèbres frivoles
Pour douter des affres climatiques
Ces journées tièdes souvent s'affolent
Pour les vieilles dames dramatiques

Les mémoires tant embuées
De couleurs pourtant jaunies
Ces belles ardeurs éreintées
Par leurs silences ou bien leurs cris

Miracle chaleureux du labeur quotidien
Que l'éclairage guide pour les combats
Ces tons si colorés dont il se parera
Il ne faudra pas en attendre rien

Les froides matinées aux montagnes des glaces
Les soleils des étés aux moiteurs étouffantes
D'un jaune brûlant aujourd'hui menace
Seulement ces vieilleries un peu pédantes

Pommes roussies par les années
Liturgies tendres à te rendre beau
Aube de l'ère, zénith pâmé
D'un glas sonnant quand viendra l'eau

Oracle insistant d'actes conclus
Lueur d'espoir, brûlure cloquée
Dans ce cirage méconnu
Chaque désert est mon voilier

Seul guide vers les trésors
Photographiant tes attraits
Ces minéraux ruisselants d'or
Ont des charmes épinglés

Erreur de jauge d'hydratation
Dont découle la sueur
Imaginons ses fiers rayons
Transpercer l'âme et le cœur

Ce filou d'astre est pointé
Sur une aiguille en érection
Qu'importe le sens de l'attraction
Il se tient toujours muet

Pourquoi humaniser l'étoile ?
Ironisant les situations
Marquant la violence de ses toiles
Un pugilat de déceptions

Gerbe d'éclairs aux dizaines d'éclats
Ces gentes dames ici trempées
Considèrent que leurs états
Sont des rivières pour scintiller

Illuminateur maussade
Caresse les peaux de la vie
Séduisant brûlot jouit en cascade
Sur nos étranges amnisties

Traître ardu, serein, fidèle
Aux portes des courants glacés
Seule ta féminine rebelle
Avec ses nuages peut t'embêter

Femme de l'ombre aux larmes fortes
Elle ne résiste que peu de temps
Ton lourd mistral, telle une cohorte
La balaie en conspuant

Stationnent sur tes domaines
Nos prunelles émiettées
Galant de tous, tu nous entraînes
À te séduire, te détester

Les morales ici s'égrainent
Pour ces mesdames un peu ridées
D'avant la guerre, toutes à la chaîne
Loin de la plage sont retranchées

Sous tes éclats nombreux et fous
Tu distribues les émotions
Les infligeant avec remous
Posant d'autres réflexions

Je ne t'aime pas le Glorifié
Incandescence de chaleur
Ta présence a mortifié
Le soleil noir de mes bonheurs.

MARI (E), COCUFIE

Marie, couche-toi-là
L'absence de muguet
N'est pas longue, tu as
Le temps de l'apprécier

Marie, couche-toi-là
C'est la bonne saison
Pour les vice-versa
Vrillant pour une union

Marie, couche-toi-là
Les feuilles de l'automne
Chatouillent tes vieux bras
Et cela t'empoisonne

Marie, couche-toi-là
Les flocons englacent
Ta fleur des coups bas
Pour peu que l'on s'en lasse

Marie, couche-toi-là
C'est à une lettre près
Sans eux fuit l'appât
Se taille à peu près

Mari, tu ne te couches pas
Sur les herbes rousses
Fidélité, il n'y a
Qu'elle qui est à tes trousses.

LES CODES ANGOISSANTS

Un idéal se fait plus bête
Qu'il n'est que quand il est vécu
Ce n'est pas faute qu'on s'entête
Le voulant plus vrai que ce qui est cru

Ce n'est pas la réalité qui obsède
Où se situent les rives imaginaires
Sans bornes et sans pinèdes
Énamourent l'angoisse de ces terres

Voulues, suppliées et pesantes
Ignorance de leurs propres marchands
Elles sont toutes des chapelles ardentes
Qui étincelleraient au-delà des diamants

Mais la recherche perpétuelle
De ces îlots disséminés
Agite toutes les escarcelles
Pour qu'elles ne finissent pas fauchées

Ces binarités fortuites
Codifient les mondes pour des gâtés
Frontaliers de combines maudites
Justifiant leurs banalités

Sans révolution mais avec audace
Je mets mes lubies, mes rognes et mes guerres
En guise d'appâts percutant l'angoisse
De passer sans vie, un jour sur la Terre.

LES BOUGIES

L'échappée des turpitudes
Les ondulations des certitudes
Ambiantes fumées de solitudes
Ce sont des bougies

Les danseuses aux fronts dorés
Les chanteuses en bois brûlés
Les masseuses en doigts saignés
Ce sont des bougies

Si délicates distorsions
De l'œil vibrant à l'érosion
Inapte idée d'émanation
Ce sont des bougies

Mais qu'ont-elles de si beau ?
Risquant de faire chavirer
Les sentiments entremêlés
Inhalations de tous ces pots

Dans la noirceur des oubliés
Les hommages aux sacrifiées
En cire fondue, elles sont tombées
Ce sont des bougies

Elles m'entourent à l'écriture
Les lumières passent et torturent
Mon intellect dans sa nature
Ce sont mes bougies

Les flammes sont hypnotiques
Trésors si chimériques
Sur chandeliers forment triptyques
Ce sont des bougies

Mais qu'ont-elles de si beau ?
Risquant de faire chavirer
Les sentiments entremêlés
Inhalations de tous ces pots

Le tout en soi pour résumer
L'ambiante folie de mes soirées
Intimes espoirs de mes journées
Retrouver mes bougies

Ces solitaires n'ont pas d'yeux
N'absolvent rien, même sans Dieu
Et ne sont pas souvent par deux
J'attends mes bougies

Que sont simples ces amourettes
Toutes échaudées d'une allumette
Tournent, fondantes, en sont honnêtes
Ce sont mes bougies

C'est ridicule de confier ces choses
D'un homme seul à faire des proses
Défiant toutes visions moroses
Elles sont là, seules, mes bougies.

NOYADE

La ligne d'une main
Trace sa déconvenue
Émule de mes passions
Celles engoncées

Au plus profond
De tes propres voies lactées
Percées d'une flèche
Que décoche cet étranger
Que je suis pour toi

Dans les abîmes
Creusent et divaguent
Les pensées volubiles
Des flatteries immondes
Bouillonnantes de haines
Pour ces maux impossibles

Vouloir m'engouffrer
Dans ce néant béant
Ne projetant rien
Impossible et amer
Cruel et déconfit
Ce succin message
S'efface sans bruit

Sous ce faciès gelé
Créé par la nature
Déflore l'œil obséquieux
Maquillé de simagrées
Où se plonge l'océan
De mes névroses
Se propage ce cancer
Chien rampant, morne plaisir

Celui d'un doigt passé
Dans cette chevelure
Suivant ces traits
Cette rature hybride
M'arrachant les entrailles
La secousse acharnée
Par la voix qui s'immisce
Délices de l'extase
En caressant l'enfer

Mortes émotions ayez pitié
Du cerveau inextricable
D'un fervent même ébaubi
Ne pouvant plus se défaire
De cette huile de gardénia
Lointaine ambroisie
Cette hantise du tout
De l'être pervers et perverti
Aux « non », aux reproches
Diabolique étreinte souriante

Au-dessus du rien
Nage donc le tout
Et fuis, fuis encore ces raisons
Poussant à la furie
Pas à l'absolution
Que cette foutue grâce me soit rendue
L'honneur d'être oublié
De tous à chaque instant
Sauf de cet être incriminé
Inséminant le sacré
Et crachant sur cet autel

Épargnant un jour ma raison
N'ayant d'entraves que la mort
Dénuée de vertus, seulement ce vice
Je ne peux plus vivre
Privé du tout, privant le rien
Ulysse de ma chimère
Ne me laisse pas errant
Dans cette tornade si pure
Où la fin est tragique
Compromission du temps
Avant même qu'elle ait lieu
Tuez-moi, tuez-moi !

TROP LOIN

Distante est ma langue
Proche est mon cul
Celui qui tangue
Vers ses abus

Loin de ma bouche
Et près d'hier
Procure une couche
À la cuillère

Loin d'hier
Proche de jamais
C'est sans compter
La meurtrière

Celle d'hier
Lointaine, cachée
Sous ses paupières
Bien trop fermées

Loin de mes yeux
S'éteint une peur
C'est prétentieux
C'est ravageur

Loin de ma peau
Près de la cendre
Il n'y a plus d'eau
Mais des méandres

Loin de nos mots
Sans artifices
Et sans échos
Des immondices

Loin des battements
Pas ceux du cœur
Mais l'abattement
Puis la terreur

Loin de l'avenir
Bien qu'il soit moche
Sans se mentir
Horrible approche

Loin de moi
Près de l'infini
Tu es un roi
Même trop aigri

Loin de demain
Matin d'après
Partir si loin
Avec regrets

Loin d'un retour
Sans aucun choix
J'apprends parfois
De ton amour.

LA DIFFICILE RECHERCHE

Sur un coin de table
Je rature mes idéaux
Ils s'inscrivent faux
Et n'ont rien d'acceptable

La sinistre vérité
Est au creux de la bille
Rendant la feuille tachée
Et noircit un peu l'abîme

Mièvreries aux berceaux
La lueur des âmes affables
Se tamise sous le galbe
Du désaveu le plus sot

Mais qui donc ici distille
La tiédeur de ses idées
Surpassant tant de volées
Mélancolies trop volubiles

Avidité de l'insatiable
Ces visages en morceaux
Défient les trémolos
D'erreurs mortes et ancestrales

L'immuable pauvreté
De mon ressenti habile
S'inscrit dans une ville
Sous les bombes et assiégée

Contre le dégât de l'eau
Ruisselante sur l'aimable
Joue rougie d'intolérables
Déceptions des gigolos

Le cadeau t'instille
L'élan, le désir, la volupté
D'un plaisir tant dérobé
Par des pensées malhabiles.

SANS FARDS

Chante-moi un pays
Chante-moi un écho
N'étant pas de toi
Ni d'hier encore
Imaginant les autres
Sans fards et repos

Il serait bien temps
De pouvoir me l'écrire
Que les clefs sont perdues
Et se jette un trousseau
À l'ombre des ruisseaux
Sans cesse asséchés

Dépeins-moi la douceur
D'un épiderme froid
D'une fièvre endormie
Et fais de moi encore
La nouvelle merveille
Sans fards et tourments

Effleure-moi de caresses
Celles n'ayant pas d'étaux
Ce toucher s'envole
Donnant à cette saison
Des climats échappés
Sans fards.

AIMER SE SOUVENIR

Agir en confrontant
L'ensemble des passés
Pas se rendre innocent
De n'être qu'un regret

Un lointain souvenir
N'a pas d'éternité
Il faudrait se languir
D'être au jour d'après

Le temps est insoumis
C'est bien celui qui court
Après tous les débris
Brisés sur les parcours

S'arrêter de partir
Pour regarder l'attente
Appréhender d'instruire
La jeunesse suivante

Souvenons-nous de tout
Pour mieux apprécier
Un avenir bien flou
Et sûr d'en profiter

Les fantasmes mouvants
Aux conséquences marquées
Pour des siècles changeants
Il ne faut rien gâcher

S'asseoir au bord du gouffre
Entendre le palpitant
Cette faucheuse souffre
Que ce ne soit pas le moment

Les aiguilles du cadran
Tournent à en vomir
Mais toutes en attendant
T'appartiennent à haïr

Plutôt que de confondre
Des dogmes offensants
Il vaut mieux y répondre
En étant là maintenant

Souvenirs charmants
Maussades, ternis, joyeux
Où les plus insolents
Forment ce foutu jeu

Je veux être aujourd'hui
Libéré d'un semblant
Potentat de mes nuits
Mieux qu'un simple galant

Cassure entre les rangs
D'un passé et futur
Assassinés béants
Pour un présent trop pur

Espoir de nostalgies
Des clichés noir et blanc
Sur ce papier jauni
Ils seront chatoyants

Souvenons-nous de tous
Pour mieux apprécier
Que la vie est pour nous
Un épilogue entier

Souvenons-nous de soi
Pour ne plus oublier
Qu'il y a tant de toi
Vivante Liberté.

MAUX STELLAIRES

Délices enivrés
Par les mirettes brunes
D'un seul regard dompté
Fait d'un lagon, sa lune

Raisonné est mon corps
Souffreteux et grossi
Déraisonnable ce sort
De mon amour, ici

Galbe hellénique
D'une antique volée
Où le sourire mystique
Me fera convoler

Vers les errances profanes
Que j'ignore encore
Ton seul teint diaphane
N'a de pourpre que l'or

D'un diadème inconvenant
Dont s'éboulent les pierres
D'un cadet proférant
Ces menaces en prières

Puisque tout ne ranime
Que la flamme inconnue
Du désir qui anime
L'apaisement d'un perdu

Spectateur ébahi
Par la longue sirène
Masculine est celui
Faisant roi une reine

Grandiose est le terme
Presque inaliénable
Me frappant d'anathème
En me contant la fable

Animé de malices
C'est dans chaque salut
Qu'armés sont tous mes vices
Décharnés et vaincus

Face à la pureté
Symbolisée et nue
Définie est Beauté
Par l'Immensité vue

Mégère est la main
De celui tant rêvé
Gère maintenant le divin
D'une chimère créée.

REMERCIEMENTS

À ma chère Douceur, Amélie Nothomb, pour la gentillesse de son commentaire, son encouragement quotidien et sa nuance.

À Agathe, Laurence, Stéphane et toutes les équipes ayant permis la confection, la distribution et la promotion de ce livre.

Au duo du Studio Parnas, Théo et Valentin, habilleurs visuels talentueux de la mise en lumière autour du livre.

À Benjamin, pour sa poésie de l'instant. À Sophie, pour sa tendresse. À Loïc, pour son humour décalé. À Barbara, pour son soutien. À Germain, pour sa passion. À Line, pour son affection. À Brigitte, pour sa sensibilité. À Camille, pour sa fougue. À Yves, pour son élégance. À Edouard, pour sa cavalerie. À Jean-Marie, pour son regard. À Sandrine, pour sa courtoisie.

À Clara et Juliette, mes astrales.

À Angèle, Mélanie, Pierre, Eddy, Janie, Camélia, Tim, Pierre, Claire, Hervé, Johan, Zaho, Thibaud, Thibaut, Luc, Panayotis, Guillaume, Paul, Mouloud... pour les avenirs prometteurs et radieux.

À Maître Robert Badinter, pour ses mots.

À Anny, pour cette première lumière enchantée et en chansons, pour la femme émue et solide.

Aux amis, aux fidèles, aux fous. À celles et ceux passés. Aux émotions vécues communément.

À eux que je ne peux citer. Sans qui rien n'existerait, ni ce livre, ni son auteur. À ce chiffre porte-bonheur qui les représentent dans mon esprit. Elles et ils sont là, disséminés dans ces feuilles. La famille n'est pas qu'un mot. Cet ouvrage est dédié à la mienne.

Au temps.

Pour suivre les actualités et les nouvelles sorties de l'auteur,
scannez-moi avec votre téléphone !

↓

INSTAGRAM : samuel_uson
PAGE FACEBOOK : Samuel Uson
TIKTOK : SUM_officiel

Création de couverture et mise en page : Publishroom Factory

Dépôt légal : janvier 2024

Achevé d'imprimer sur les presses de l'imprimerie ICN